| | | |
|---|---|---|
| 九九三 | 二十八さい | 中宮《ちゅうぐう》となった定子《ていし》のもとで宮《みや》づかえをはじめる |
| 九九五 | 三十さい | 四月《がつ》、定子《ていし》の父《ちち》の藤原道隆《ふじわらのみちたか》がなくなる |
| 九九六 | 三十一さい | 四月《がつ》、花山法皇《かざんほうおう》をおそった藤原伊周《ふじわらのこれちか》・隆家《たかいえ》が地方《ちほう》へ追《お》いやられる<br>定子《ていし》が宮廷《きゅうてい》を出《で》て、出家《しゅっけ》する<br>十二月《がつ》、定子《ていし》が第《だい》一皇女《こうじょ》をうむ |
| 九九七 | 三十二さい | 四月《がつ》、伊周《これちか》・隆家《たかいえ》が京都《きょうと》にもどされる |
| 九九九 | 三十四さい | 十一月《がつ》、藤原彰子《ふじわらのしょうし》が入内《じゅだい》する。定子《ていし》が第《だい》一皇子《おうじ》の敦康親王《あつやすしんのう》をうむ |
| 一〇〇〇 | 三十五さい | 二月《がつ》、定子《ていし》が皇后《こうごう》となり、彰子《しょうし》が中宮《ちゅうぐう》となる<br>十二月《がつ》、定子《ていし》が第《だい》二皇女《こうじょ》をうみ、その後《ご》、なくなる |
| 一〇〇一 | 三十六さい | このころ、宮《みや》づかえをやめる |
| 一〇一〇 | 四十五さい | このころ、『枕草子《まくらのそうし》』がほぼ完成《かんせい》する |
| 一〇二五 | 六十さい | このころ、なくなる |

## この本《ほん》について

『よんで しらべて 時代《じだい》がわかる ミネルヴァ日本《にほん》歴史人物伝《れきしじんぶつでん》』シリーズは、日本《にほん》の歴史上《れきしじょう》のおもな人物《じんぶつ》をとりあげています。

前半《ぜんはん》は史実《しじつ》をもとにした物語《ものがたり》になっています。有名《ゆうめい》なエピソードを中心《ちゅうしん》に、その人物《じんぶつ》の人生《じんせい》や人《ひと》がらなどを楽《たの》しく知《し》ることができます。

後半《こうはん》は解説《かいせつ》になっていて、人物《じんぶつ》だけでなく、その人物《じんぶつ》が生《い》きた時代《じだい》のことも紹介《しょうかい》しています。物語《ものがたり》をよんだあとに解説《かいせつ》をよめば、より深《ふか》く日本《にほん》の歴史《れきし》を知《し》ることができます。

歴史《れきし》は少《すこ》しにがてという人《ひと》でも、絵本《えほん》をよんで楽《たの》しく学《まな》ぶことができます。歴史《れきし》に興味《きょうみ》がある人《ひと》は、解説《かいせつ》をよむことで、さらに歴史《れきし》にくわしくなれます。

### ■解説《かいせつ》ページの見《み》かた

人物《じんぶつ》についてくわしく解説《かいせつ》するページと時代《じだい》について解説《かいせつ》するページがあります。

文中《ぶんちゅう》の青《あお》い文字《もじ》は、31ページの「用語解説《ようごかいせつ》」で解説《かいせつ》しています。

写真《しゃしん》や地図《ちず》など理解《りかい》を深《ふか》める資料《しりょう》をたくさんのせています。

「もっと知《し》りたい！」では、その人物《じんぶつ》にかかわる博物館《はくぶつかん》や場所《ばしょ》、本《ほん》などを紹介《しょうかい》しています。

「豆《まめ》ちしき」では、人物《じんぶつ》のエピソードや時代《じだい》にかんする基礎知識《きそちしき》などを紹介《しょうかい》しています。

よんでしらべて時代がわかる
ミネルヴァ日本歴史人物伝

# 清少納言《せいしょうなごん》

## 『枕草子』をかいた女性随筆家

監修 朧谷 寿
文 西本鶏介
絵 山中桃子


もくじ



ミネルヴァ書房

# 春《はる》はあけぼの。夏《なつ》は夜《よる》。

平安時代《へいあんじだい》になると、それまでの漢字《かんじ》だけでなくひらがな文字《もじ》が発達《はったつ》し、数多《かずおお》くの女流文学者《じょりゅうぶんがくしゃ》たちが生《う》まれました。なかでもきわだった才能《さいのう》のもち主《ぬし》は、『枕草子《まくらのそうし》』という随筆《ずいひつ》をかいた清少納言《せいしょうなごん》と、『源氏物語《げんじものがたり》』という大長編小説《だいちょうへんしょうせつ》をかいた紫式部《むらさきしきぶ》です。

ほぼ同時代《どうじだい》の人《ひと》ですが、清少納言《せいしょうなごん》の方《ほう》が四つほど年上《としうえ》で、ふたりとも天皇《てんのう》のきさきのすぐれた教育係《きょういくがかり》としても知《し》られています。

清少納言《せいしょうなごん》の「少納言《しょうなごん》」は宮《みや》づかえのときの役名《やくめい》で、「清《せい》」は清原家《きよはらけ》の清《きよ》からきたものといわれていますが、生没年《せいぼつねん》や生《しょう》がいについてくわしいことはわかっていません。それでも『枕草子《まくらのそうし》』の内容《ないよう》などから推定《すいてい》して、九六六年《ねん》（康保《こうほう》三年《ねん》）に生《う》まれ、一〇二五年《ねん》（万寿《まんじゅ》二年《ねん》）に六十さいでなくなったと考《かんが》えることができます。

歌人《かじん》で学者《がくしゃ》であった清原元輔《きよはらのもとすけ》という人《ひと》のむすめで、十六さいのとき、結婚《けっこん》してむすこをうみ、その後《ご》、離婚《りこん》しています。父《ちち》から和歌《わか》や漢文《かんぶん》を学《まな》び、たいへんな才女《さいじょ》として知《し》られていましたが、二十八さいのとき、一条天皇《いちじょうてんのう》の中宮《ちゅうぐう》（きさき）であった定子《ていし》の父《ちち》・藤原道隆《ふじわらのみちたか》の目《め》にとまり、定子《ていし》の教育係《きょういくがかり》として宮《みや》づかえをするようになりました。

この時代《じだい》の貴族《きぞく》にとって、むすめを天皇《てんのう》のきさきにするのが出世《しゅっせ》の早道《はやみち》でした。むすめをりっぱなきさきとするために、学問《がくもん》や教養《きょうよう》のゆたかな女性《じょせい》をさがしだし、教育係《きょういくがかり》や相談役《そうだんやく》として、きそってやといいれたのです。

雪《ゆき》がふりつもったある日《ひ》のこと、中宮定子《ちゅうぐうていし》の部屋《へや》にいる女房《にょうぼう》（身分《みぶん》の高《たか》い人《ひと》の世話《せわ》をする女性《じょせい》）たちは、格子《こうし》をおろしたままで、火《ひ》ばちに火《ひ》をおこし、おしゃべりをしていました。すると、とつぜん定子《ていし》がいいました。

「香炉峰《こうろほう》の雪《ゆき》はどんなようすかしら？」

女房《にょうぼう》たちは顔《かお》を見《み》あわせ首《くび》を横《よこ》にふりました。中国《ちゅうごく》に香炉峰《こうろほう》という山《やま》があることは知《し》っていましたが、なぜ、そんな山《やま》の雪《ゆき》のことをたずねられたのか、わけがわかりません。ところが清少納言《せいしょうなごん》は、すぐにめしつかいに命《めい》じて格子《こうし》をあげさせ、すだれも高《たか》くまきあげさせました。庭《にわ》につもった雪《ゆき》を見《み》て定子《ていし》はにっこりとうなずき、

「なんと、美《うつく》しきけしきよ。」

とつぶやきました。

香炉峰《こうろほう》の雪《ゆき》とは、中国《ちゅうごく》の『白氏文集《はくしもんじゅう》』という詩文集《しぶんしゅう》に出《で》てくる、白楽天《はくらくてん》という詩人《しじん》の詩《し》の一節《いっせつ》です。「香炉峰《こうろほう》の雪《ゆき》は」のあとに「すだれをかかげて見《み》る」とつづきます。

この詩《し》をおぼえていた定子《ていし》はだれが気《き》づくかをためそうとして、わざと「香炉峰《こうろほう》の雪《ゆき》は」のことばにたくして庭《にわ》の雪《ゆき》をながめようとしたのです。

「さすがは清少納言《せいしょうなごん》さま、わたしたちはそこまで気《き》がつきませんでした。」

と、女房《にょうぼう》たちはあらためて清少納言《せいしょうなごん》の教養《きょうよう》の深《ふか》さにおどろきました。

清少納言《せいしょうなごん》は教養《きょうよう》だけでなく、才知《さいち》にたけ、ユーモアのセンスのもち主《ぬし》でもありました。

あるとき、中宮定子《ちゅうぐうていし》の弟《おとうと》である中納言《ちゅうなごん》が、わざわざ、中宮《ちゅうぐう》のいるところへやってきて、

「すばらしいおうぎの骨《ほね》を手《て》にいれました。それに紙《かみ》をはらせ、おうぎにしあげてからさしあげようと思《おも》っています。しかし、ありきたりの紙《かみ》では骨《ほね》につりあわないので、よい紙《かみ》をさがしているところです。」

と、いいました。

「どんな骨《ほね》なの？」

定子《ていし》がたずねても、中納言《ちゅうなごん》は、

「すべての点《てん》ですばらしいものです。これまでに見《み》たこともない骨《ほね》だと、みんないっています。ほんとうに、これほどすばらしい骨《ほね》は、わたしも見《み》たことがありません。」

と、じまんそうにいうばかりです。

定子《ていし》のこまった顔《かお》を見《み》ているうちに、清少《せいしょう》納言《なごん》は少《すこ》し中納言《ちゅうなごん》をへこませてやりたいと思《おも》いました。
そこで、中納言《ちゅうなごん》にむかってきっぱりといいました。
「どれほどりっぱな骨《ほね》かは知《し》りませんが、それはおうぎの骨《ほね》ではなく、くらげの骨《ほね》のようにきこえますが。」

そのとたん、中納言《ちゅうなごん》は大笑《おおわら》いして、いいました。

「なるほど、くらげの骨《ほね》とはよくぞ申《もう》した。この名《めい》もんくは、わたしのことばということにしよう。」

女房《にょうぼう》たちがけげんな顔《かお》で、

「くらげの骨《ほね》とは、いかなる骨《ほね》ですか。」

と、たずねるので、清少納言《せいしょうなごん》が教《おし》えてあげました。

「くらげには骨《ほね》がないので、だれも見《み》たことがありません。中納言《ちゅうなごん》さまが見《み》たこともない骨《ほね》とおっしゃるから、わたしもしゃれで、くらげの骨《ほね》と申《もう》したまでです。」

「たしかに……。」

意味《いみ》がわかって、女房《にょうぼう》たちも声《こえ》をたてて笑《わら》いました。

「なんでもよく知《し》っていて、そのうえ明《あか》るくて機転《きてん》がきく清少納言《せいしょうなごん》さまがいるかぎり、なんの心配《しんぱい》もいらないわ。」

中宮定子《ちゅうぐうていし》につかえる女房《にょうぼう》たちはだれもが心《こころ》から清少納言《せいしょうなごん》をたよりにしました。

定子《ていし》は関白《かんぱく》のむすめにふさわしく、高貴《こうき》なうえに心《こころ》やさしく、しかも才気《さいき》にとみ、清少《せいしょう》納言《なごん》がとことん尊敬《そんけい》できる人《ひと》でした。この人《ひと》がいるところ争《あらそ》いはおきず、宮中《きゅうちゅう》はいつだっておだやかで笑《わら》い声《ごえ》にあふれていました。

（これが夢《ゆめ》にえがいていた宮中《きゅうちゅう》か。）

清少納言《せいしょうなごん》は目《め》にするものすべてがめずらしく、すてきな中宮《ちゅうぐう》につかえられるよろこびをかみしめました。

しかし、こうした宮中《きゅうちゅう》での楽《たの》しいくらしも長《なが》くはつづきませんでした。

清少納言《せいしょうなごん》が宮中《きゅうちゅう》に来《き》て、一年《ねん》半《はん》ほどすぎた九九五年《ねん》（長徳元年《ちょうとくがんねん》）の四月《がつ》、定子《ていし》の父《ちち》である藤原道隆《ふじわらのみちたか》が病気《びょうき》でなくなりました。たちまちはげし

い権力争《けんりょくあらそ》いがおき、関白《かんぱく》だった道隆《みちたか》にかわって定子《ていし》のおじ・道長《みちなが》が勢力《せいりょく》を強《つよ》めました。父《ちち》のうしろだてをなくした定子《ていし》もしだいに宮中《きゅうちゅう》での力《ちから》をうしなっていき、定子《ていし》につかえる女《にょう》房《ぼう》たちも肩身《かたみ》がせまくなりました。

道長《みちなが》は自分《じぶん》のむすめの彰子《しょうし》を一条《いちじょう》天皇《てんのう》の中宮《ちゅうぐう》におくりこみ、定子《ていし》を追《お》いだそうとしていました。

「中宮《ちゅうぐう》さま、けっして負《ま》けないでください。天子《てんし》さま（天皇《てんのう》のこと）がもっとも愛《あい》しておられるのは定《てい》子《し》さまです。」

清少納言《せいしょうなごん》は必死《ひっし》で定子《ていし》をはげましました。しかし、定子《ていし》は宮中《きゅうちゅう》を出《で》てくらすことが多《おお》くなりました。そして一〇〇〇年《ねん》（長保《ちょうほう》二年《ねん》）の十二月《がつ》、宮中《きゅうちゅう》へもどって第《だい》二皇女《こうじょ》を出産《しゅっさん》したというのに、翌日《よくじつ》、二十四さいの若《わか》さでなくなってしまいました。

清少納言《せいしょうなごん》は声《こえ》をあげてなきました。清少納《せいしょうな》言《ごん》にとって中宮定子《ちゅうぐうていし》は、この世《よ》で最高《さいこう》の人《ひと》であり、絶対《ぜったい》の人《ひと》でした。定子《ていし》がいればこそ、今日《きょう》まで生《い》きてこられたのです。定子《ていし》のおかげで、なんでも自由《じゆう》に観察《かんさつ》でき、それをかきのこせました。教《おし》えてさしあげたことはすぐにおぼえ、どんななぞかけにもあざやかなこたえをかえしてくれました。

定子《ていし》とともに心底幸《しんそこしあわ》せなくらしができたのはわずか二年《ねん》たらずで、あとの六年間《ねんかん》は、はげしい権力争《けんりょくあらそ》いの犠牲者《ぎせいしゃ》として生《い》きる中宮《ちゅうぐう》のためにがんばってきたようなものです。

つらいことがあってもぐちひとつこぼさない定子《ていし》を見《み》て、清少納言《せいしょうなごん》も不安《ふあん》や不幸《ふこう》はいっさい口《くち》にせず、定子《ていし》をささえました。清少納《せいしょうな》言《ごん》の敬愛《けいあい》といつくしみにみちた行動力《こうどうりょく》は、いかに現実《げんじつ》がきびしくても、ほこりをもって生《い》きるべしというはげましのように思《おも》えます。

『枕草子《まくらのそうし》』の大半《たいはん》は、中宮定子《ちゅうぐうていし》がなくなってからかかれたものといわれていますが、かなしく、みじめな思《おも》いをかいたものはありません。定子《ていし》や貴族《きぞく》たちとの機転《きてん》のきいたやりとりや優雅《ゆうが》な宮廷生活《きゅうていせいかつ》のようす、四季《しき》おりおりの自然《しぜん》の美《うつく》しさなど、明快《めいかい》な文章《ぶんしょう》でイメージゆたかに表現《ひょうげん》されています。

　そればかりか、気《き》にいらないことはきっぱりと批判《ひはん》し、自分《じぶん》がおもしろいと思《おも》うものはかたっぱしからとりあげてほめたり、なんでも品《しな》さだめをしてみたり、その精神《せいしん》の自由《じゆう》さには舌《した》をまくばかりです。

　ゆたかな教養《きょうよう》とするどい感受性《かんじゅせい》をもつ女流《じょりゅう》文学者《ぶんがくしゃ》として、紫式部《むらさきしきぶ》にまさるともおとらない魅力《みりょく》があります。

木《き》の花《はな》は　うめの、こくもうすくも、紅梅《こうばい》。さくらの、花《はな》びら大《おお》きに、色《いろ》よきが、えだはほそうかれは《わ》れにさきたる。ふじの花《はな》、しなひ《い》長《なが》く、色《いろ》よくさきたる、いとめでたし。卯《う》の花《はな》は、品《しな》おとりて、なんとなけれど、さくころのを《お》かしう、ほととぎすのかげにかくるらむ《ん》思《おも》ふ《う》に、いとを《お》かし。

（木《き》の花《はな》はこくてもうすくても紅梅《こうばい》がいい。さくらの花《はな》びらが大《おお》きくて色《いろ》のよいのが、ほっそりとしたえだにさいているのがいい。ふじの花《はな》は、花《はな》ぶさが長《なが》く、色《いろ》がよくさいているのがとてもすばらしい。卯《う》の花《はな》は品格《ひんかく》がおとり、なんということはないけれど、さく時《じ》節《せつ》がおもしろく、ほととぎすが花《はな》のかげにかくれているだろうと思《おも》うと、とてもおもしろい。）

これは「木《き》の花《はな》は」という段《だん》の文章《ぶんしょう》ですが、そのこまやかな観察眼《かんさつがん》と的確《てきかく》な表現力《ひょうげんりょく》は目《め》をみはるほどです。

また、『枕草子《まくらのそうし》』の最初《さいしょ》に出《で》てくる「春《はる》はあけぼの」は、そのままよんでもわかりやすく、清少納言《せいしょうなごん》ならではの名文《めいぶん》といえます。

春《はる》はあけぼの。や《よ》うや《よ》う白《しろ》くなりゆく山《やま》ぎは《わ》、すこし明《あ》かりて、むらさきだちたる雲《くも》のほそくたなびきたる。夏《なつ》は夜《よる》。月《つき》のころはさらなり。やみもなほほ《お》たる飛《と》びちがひ《い》たる。雨《あめ》などのふるさへ《え》を《お》かし。

ところで、宮《みや》づかえを終《お》えたあと、清少納《せいしょうな》言《ごん》はどんなくらしをしたのでしょうか。その晩年《ばんねん》についてはよくわかっていませんが、さみしいくらしであったと思《おも》われます。というのも、『清少納言集《せいしょうなごんしゅう》』という歌集《かしゅう》にはつぎのような歌《うた》がのっているからです。

風《かぜ》の間《ま》にちる　あは《わ》ゆきのはかなくて
　ところどころに　ふるぞ　わびしき

（風《かぜ》のやんでいるあいだにちる淡雪《あわゆき》が、たよりげなくところどころふるのは、なんと心《こころ》細《ぼそ》いものよ。）

この歌集《かしゅう》によると、一時《いっとき》、摂津国《せっつのくに》（いまの大阪府《おおさかふ》・兵庫県《ひょうごけん》の一部《いちぶ》）にすんだあと、京《きょう》の郊外《こうがい》の月《つき》の輪《わ》というところにすんでいたようです。ちなみに清少納言《せいしょうなごん》の歌《うた》は勅撰集《ちょくせんしゅう》に入《はい》っているものが十四首《しゅ》、『枕草子《まくらのそうし》』に十六首《しゅ》、『清少納言集《せいしょうなごんしゅう》』に三十五首《しゅ》あり、重複《ちょうふく》したものをのぞくと五十首《しゅ》ほどになります。すぐれた歌人《かじん》でなくても、父親《ちちおや》ゆずりの歌《うた》の才能《さいのう》のもち主《ぬし》であったことがわかります。

# 清少納言《せいしょうなごん》って どんな人《ひと》？

『枕草子《まくらのそうし》』をかいた清少納言《せいしょうなごん》は、どのような人《ひと》だったのでしょうか。

## 歌人《かじん》の家《いえ》に生《う》まれる

清少納言《せいしょうなごん》は、貴族《きぞく》の清原元輔《きよはらのもとすけ》のむすめとして生《う》まれました。生《う》まれた年《とし》は九六六年《ねん》（康保《こうほう》三年《ねん》）ごろではないかといわれています。また、清少納言《せいしょうなごん》という名前《なまえ》も宮廷《きゅうてい》でのよび名《な》であり、本《ほん》名《みょう》はつたわっていません。清少納言《せいしょうなごん》は、元輔《もとすけ》が六十さいちかくになってからの子《こ》どもで、とてもかわいがられて育《そだ》ったといいます。

元輔《もとすけ》はそれほど身分《みぶん》は高《たか》くありませんでしたが、すぐれた歌人《かじん》として有名《ゆうめい》で、三十六歌仙《さんじゅうろっかせん》のひとりでした。清少納言《せいしょうなごん》も、おさないころから和歌《わか》や物語《ものがたり》などの文学《ぶんがく》に親《した》しんでいました。また、当時《とうじ》は男性《だんせい》だけが勉強《べんきょう》するものとされていた漢文《かんぶん》も身《み》につけていました。

九七四年《ねん》（天延《てんえん》二年《ねん》）、元輔《もとすけ》は周防《すおうの》守《かみ》（いまの山口県《やまぐちけん》の県知事《けんちじ》）になり、京《きょう》から周防国《すおうのくに》へ行《い》きました。このとき、清少納言《せいしょうなごん》も父《ちち》と周防《すおう》へ行《い》き、四年《ねん》間《かん》ほど地方《ちほう》での生活《せいかつ》を経験《けいけん》しました。

## 宮廷《きゅうてい》ではたらきはじめる

九八一年《ねん》（天元《てんげん》四年《ねん》）ごろ、清少納言《せいしょうなごん》は陸奥守《むつのかみ》（いまの青森県《あおもりけん》・岩手県《いわてけん》・宮城県《みやぎけん》・福島県《ふくしまけん》の県知事《けんちじ》）であった橘則光《たちばなののりみつ》と結婚《けっこん》しました。その翌年《よくとし》には、長男《ちょうなん》の則長《のりなが》が生《う》まれます。則光《のりみつ》は武勇《ぶゆう》にすぐれた人物《じんぶつ》でしたが、和歌《わか》をおくりあうような風流《ふうりゅう》なことはにがてでした。そのため、文学的《ぶんがくてき》な教養《きょうよう》がゆたかだった清少納言《せいしょうなごん》と夫婦《ふうふ》としては気《き》があわず、結婚《けっこん》から十年後《ねんご》に離婚《りこん》しました。その後《ご》は、きょうだいのようになかよくしていたといいます。

また、離婚《りこん》の前年《ぜんねん》にあたる九九〇年《ねん》（永祚《えいそ》二年《ねん》）の六月《がつ》には、肥後守《ひごのかみ》（い

清少納言《せいしょうなごん》については生《う》まれた年《とし》やなくなった年《とし》など、わからないことが多《おお》い。
（「清少納言《せいしょうなごん》」菊池容斎《きくちようさい》　東京国立博物館所蔵《とうきょうこくりつはくぶつかんしょぞう》）

まの熊本県《くまもとけん》の県知事《けんちじ》）として肥後国《ひごのくに》にいた父《ちち》の元輔《もとすけ》が、八十三さいでなくなりました。かわいがってくれた父《ちち》の死《し》、そして夫《おっと》との離婚《りこん》というできごとをのりこえた清少納言《せいしょうなごん》に、さらに大《おお》きな人生《じんせい》の節目《ふしめ》がめぐってきます。

九九〇年《ねん》に一条天皇《いちじょうてんのう》に入内《じゅだい》（天皇《てんのう》と結婚《けっこん》すること）した中宮《ちゅうぐう》（天皇《てんのう》のきさきのよび名《な》）藤原定子《ふじわらのていし》の女房《にょうぼう》↓28ページとしてはたらくことになったのです（宮《みや》づかえ）。

藤原定子《ふじわらのていし》は、一条天皇《いちじょうてんのう》のおじにあたる**関白**《かんぱく》・藤原道隆《ふじわらのみちたか》のむすめで、一条天皇《いちじょうてんのう》より四さい年上《としうえ》です。この時代《じだい》の天皇《てんのう》は正式《せいしき》なきさき以外《いがい》に、何人《なんにん》もの妻《つま》をもちましたが、このころの一条天皇《いちじょうてんのう》の妻《つま》は定子《ていし》ひとりでした。定子《ていし》の父《ちち》・道隆《みちたか》の家《いえ》は中関白家《なかのかんぱくけ》とよばれて、大《おお》きな権力《けんりょく》をもっていました。その力《ちから》をふるって、定子《ていし》が安心《あんしん》して次《つぎ》の天皇《てんのう》になる男《おとこ》の子《こ》をうめるように、ほかの家《いえ》のむすめを入内《じゅだい》させなかったのです。

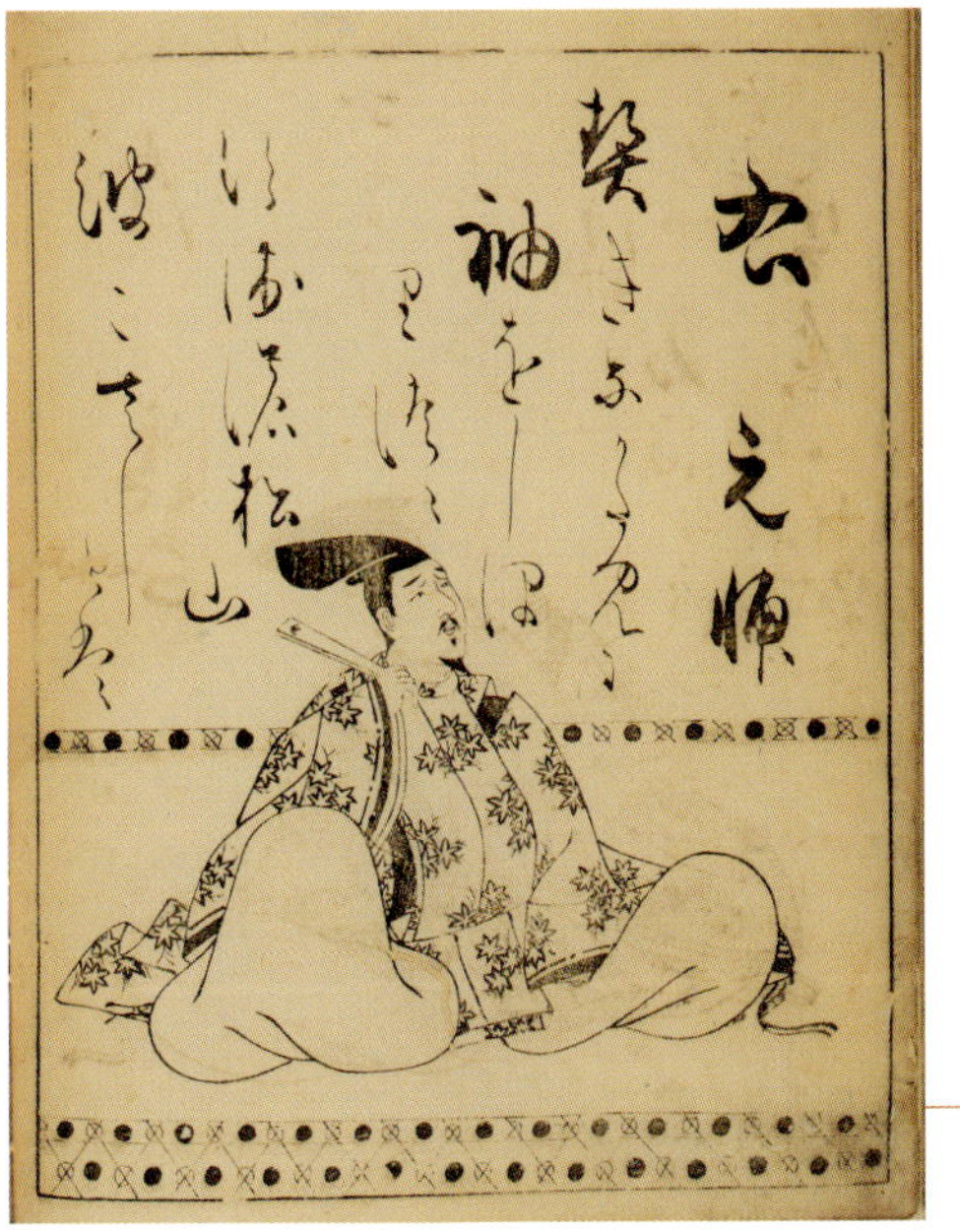

清少納言《せいしょうなごん》の父《ちち》・清原元輔《きよはらのもとすけ》は有名《ゆうめい》な歌人《かじん》で、『後《ご》撰和歌集《せんわかしゅう》』の撰者《せんじゃ》（和歌集《わかしゅう》におさめる作品《さくひん》をえらぶ人《ひと》）にもなった。（『三十六歌仙《さんじゅうろっかせん》』本阿弥光悦《ほんあみこうえつ》 国立国会図書館所蔵《こくりつこっかいとしょかんしょぞう》）

## 中宮定子《ちゅうぐうていし》と清少納言《せいしょうなごん》

藤原定子《ふじわらのていし》は美《うつく》しく思《おも》いやりがあり、しかもかしこい女性《じょせい》で、一条天皇《いちじょうてんのう》にたいへんに愛《あい》されました。清少納言《せいしょうなごん》より十さいほど若《わか》いのに、女房《にょうぼう》たちをまとめる力《ちから》にすぐれ、漢詩《かんし》にも大変《たいへん》よく通《つう》じていました。

清少納言《せいしょうなごん》はそんな定子《ていし》を尊敬《そんけい》し、心《こころ》をこめてつかえていました。高《たか》い教養《きょうよう》をそなえ、場面《ばめん》にあう機転《きてん》のきいた対応《たいおう》ができる清少納言《せいしょうなごん》は、女房《にょうぼう》のなかでもとくに定子《ていし》にたよりにされました。

また一方《いっぽう》で、清少納言《せいしょうなごん》は、貴族《きぞく》の男性《だんせい》たちとも機知《きち》にとんだやりとりを多《おお》くかわしたといいます。はなやかで変化《へんか》の多《おお》い宮廷《きゅうてい》で、清少納言《せいしょうなごん》はいきいきと自分《じぶん》の能力《のうりょく》を発揮《はっき》したのです。

宮《みや》づかえをする女房《にょうぼう》たちは、主人《しゅじん》の着《き》がえや身《み》だしなみをととのえる手《て》つだい、結婚《けっこん》・出産《しゅっさん》や季節《きせつ》の行事《ぎょうじ》の準備《じゅんび》など、さまざまな仕事《しごと》をこなした。（写真提供《しゃしんていきょう》：風俗博物館《ふうぞくはくぶつかん》）

## 『枕草子《まくらのそうし》』の執筆《しっぴつ》

あるとき、定子《ていし》の兄《あに》である藤原伊周《ふじわらのこれちか》が、紙《かみ》を定子《ていし》にくれました。当時《とうじ》、紙《かみ》はたいへん高価《こうか》なものでしたが、定子《ていし》はこれを清少納言《せいしょうなごん》にくれました。清少《せいしょう》納言《なごん》はこの紙《かみ》に、自分《じぶん》が考《かんが》えたこと、感《かん》じたことを少《すこ》しずつかきためていきました。これをまとめたものが『枕草子《まくらのそうし》』です。

この文章《ぶんしょう》は評判《ひょうばん》になり、清少納言《せいしょうなごん》は宮《みや》づかえをやめたあとも、かきつづけていきました。

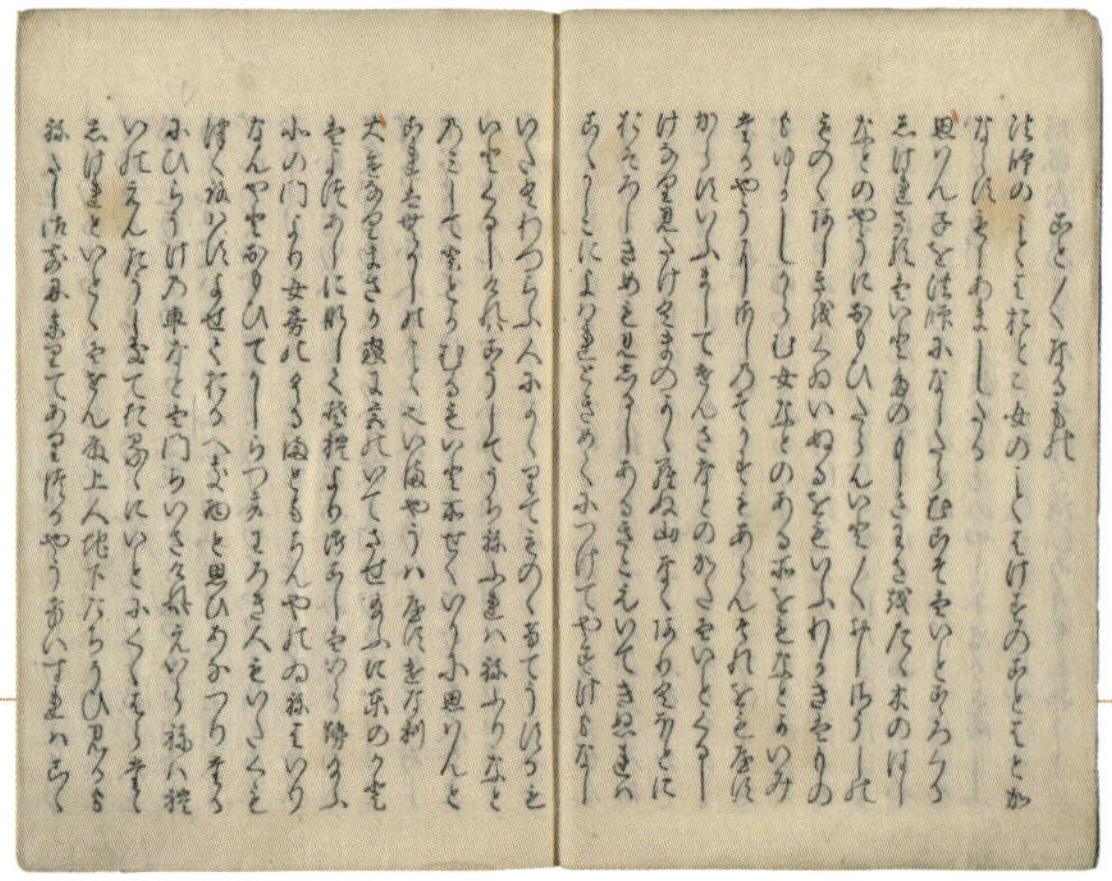

清少納言《せいしょうなごん》がかいたものは現存《げんそん》していない。現在《げんざい》のこっているものはすべて人《ひと》の手《て》でかきうつされた写本《しゃほん》で、文章《ぶんしょう》もそれぞれ少《すこ》しずつことなっている。
（『枕草子《まくらのそうし》』国立国会図書館所蔵《こくりつこっかいとしょかんしょぞう》）

## 中関白家《なかのかんぱくけ》の没落《ぼつらく》

九九五年《ねん》（長徳元年《ちょうとくがんねん》）四月《がつ》、藤原道《ふじわらのみち》隆《たか》が四十三さいでなくなると、藤原一《ふじわらいち》族《ぞく》のなかで権力争《けんりょくあらそ》いがおこります。道《みち》隆《たか》の死後《しご》、道隆《みちたか》のすぐ下《した》の弟《おとうと》の藤原《ふじわらの》道兼《みちかね》が関白《かんぱく》になりましたが、病気《びょうき》のために十日《とおか》ほどでなくなってしまいました。すると、道隆《みちたか》のむすこの伊周《これちか》と、道《みち》隆《たか》の末《すえ》の弟《おとうと》である藤原道長《ふじわらのみちなが》↓29ページが、つぎの関白《かんぱく》の座《ざ》をめぐってはげしく対立《たいりつ》しました。

しかし、伊周《これちか》は弟《おとうと》の藤原隆家《ふじわらのたかいえ》と九九六年《ねん》（長徳《ちょうとく》二年《ねん》）に、花山法皇《かざんほうおう》↓29ページ襲《しゅう》撃事件《げきじけん》をおこします。伊周《これちか》は大宰府《だざいふ》（いまの福岡県《ふくおかけん》）へ、隆家《たかいえ》は出雲《いずも》（島《しま》根県《ねけん》）へ追《お》いやられました。

父《ちち》の死《し》と、きょうだいがおこした事《じ》件《けん》により、中宮定子《ちゅうぐうていし》の立場《たちば》は苦《くる》しくなりました。定子《ていし》は一条天皇《いちじょうてんのう》のはじめての子《こ》どもを身《み》ごもっていましたが、宮《きゅう》廷《てい》を出《で》て、出家《しゅっけ》してしまいました。事《じ》件《けん》の直後《ちょくご》、にげた伊周《これちか》らをさがして、検非違使《けびいし》が中宮《ちゅうぐう》である自分《じぶん》の屋敷《やしき》をあらしていったことに心《こころ》をいためたからです。そして、この年《とし》の十二月《がつ》に一条《いちじょう》天皇《てんのう》の第《だい》一皇女《こうじょ》をうみました。

## 清少納言《せいしょうなごん》の里《さと》がえり

翌年《よくとし》になると、伊周《これちか》と隆家《たかいえ》は罪《つみ》をゆるされて京都《きょうと》へもどれることになりました。一条天皇《いちじょうてんのう》は、まわりの反対《はんたい》をふ

料金受取人払郵便

山科支店承認

46

差出有効期間
平成25年4月
20日まで

郵便はがき

6078790

（受　取　人）

京都市山科区
日ノ岡堤谷町１番地

㈱ミネルヴァ書房
読者アンケート係 行

◆ 以下のアンケートにお答え下さい。

お求めの
書店名＿＿＿＿＿＿＿＿市区町村＿＿＿＿＿＿＿＿＿＿＿＿＿＿＿書店

＊ この本をどのようにしてお知りになりましたか？ 以下の中から選び、3つまで○をお付け下さい。

A.広告（　　　　）を見て　B.店頭で見て　C.知人・友人の薦め
D.著者ファン　E.図書館で借りて　F.教科書として
G.ミネルヴァ書房図書目録　H.ミネルヴァ通信
I.書評（　　　　）をみて　J.講演会など　K.テレビ・ラジオ
L.出版ダイジェスト　M.これから出る本　N.他の本を読んで
O.DM　P.ホームページ（　　　　　　　　）をみて
Q.書店の案内で　R.その他（　　　　　　　　）

書名 お買上の本のタイトルをご記入下さい。

◆ 上記の本に関するご感想、またはご意見・ご希望などお書き下さい。
「ミネルヴァ通信」での採用分には図書券を贈呈いたします。

◆ よく読む分野(ご専門)について、3つまで○をお付け下さい。

1. 哲学・思想　2. 宗教　3. 歴史・地理　4. 政治・法律
5. 経済　6. 経営　7. 教育　8. 心理　9. 社会福祉
10. 高齢者問題　11. 女性・生活科学　12. 社会学　13. 文学・評論
14. 医学・家庭医学　15. 自然科学　16. その他（　　　　　）

〒

ご住所　Tel　（　　　）

年齢　性別

お名前《ふりがな》　歳　男・女

ご職業・学校名
（所属・専門）

Eメール

ミネルヴァ書房ホームページ　http://www.minervashobo.co.jp/

りきって、だいじな定子《ていし》を宮廷《きゅうてい》へよびもどしました。九九九年《ねん》（長保元年《ちょうほうがんねん》）には、定子《ていし》は一条天皇《いちじょうてんのう》の第《だい》一皇子《おうじ》となる敦康親王《あつやすしんのう》をうみました。しかしおなじころ、道長《みちなが》が自分《じぶん》のむすめの藤原彰子《ふじわらのしょうし》を入内《じゅだい》させていて、中関白家《なかのかんぱくけ》は、もう道隆《みちたか》が生《い》きていたころの勢《いきお》いをとりもどすことはできませんでした。

このころ、清少納言《せいしょうなごん》は定子《ていし》からはなれて、しばらく自分《じぶん》の実家《じっか》にもどっています。それは、定子《ていし》につかえるなかまの女房《にょうぼう》たちに、清少納言《せいしょうなごん》は道長側《みちながかわ》の人《ひと》たちとつきあっているとうわさされて、孤立《こりつ》したためです。しかし、定子《ていし》からたのまれたので、清少納言《せいしょうなごん》は宮中《きゅうちゅう》にもどりました。

## 天皇家《てんのうけ》と藤原家《ふじわらけ》のつながり

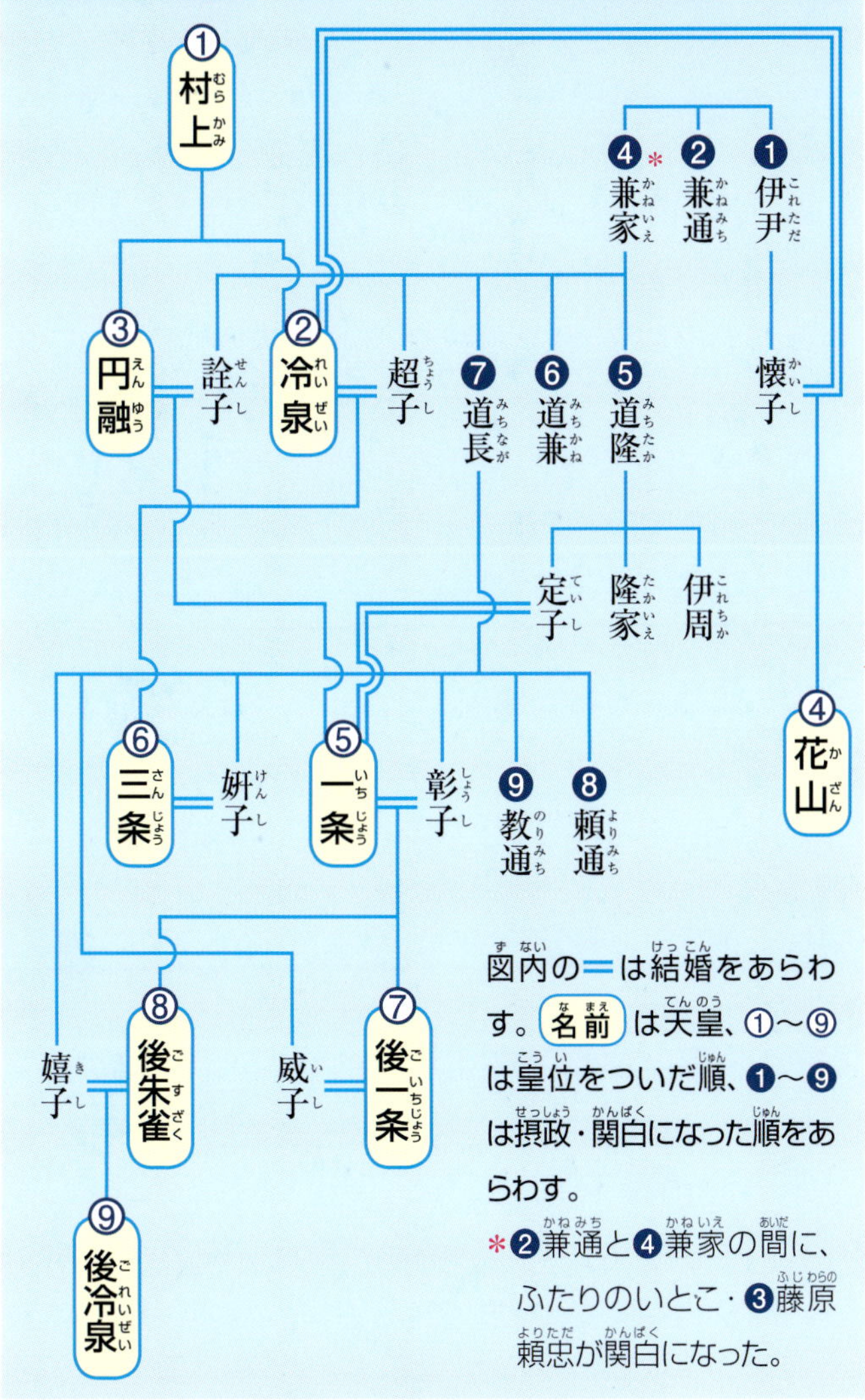


## 晩年《ばんねん》の清少納言《せいしょうなごん》

一〇〇〇年《ねん》（長保《ちょうほう》二年《ねん》）十二月《がつ》、定子《ていし》が第《だい》二皇女《こうじょ》をうみました。しかし、この出産《しゅっさん》で定子《ていし》はなくなってしまいました。清少納言《せいしょうなごん》はひどくかなしみ、しばらくしてから宮《みや》づかえをやめたとされています。

それからあとの清少納言《せいしょうなごん》についてはほとんどわかっていません。「月《つき》の輪《わ》」というところにすんでいたとも、もっと京都《きょうと》からとおくはなれた地方《ちほう》へうつりすんだともいわれています。のこされた和歌《わか》から推測《すいそく》すると、まずしく、さびしい晩年《ばんねん》をおくったようです。

なくなった場所《ばしょ》はわかりませんが、一〇二五年《ねん》（万寿《まんじゅ》二年《ねん》）ごろになくなったらしいと考《かんが》えられています。

徳島県鳴門市《とくしまけんなるとし》には、清少納言《せいしょうなごん》の墓《はか》といわれる「あま塚《づか》」がある。（写真提供《しゃしんていきょう》：鳴門市観光振興課《なるとしかんこうしんこうか》）

# 『枕草子《まくらのそうし》』をもっと知《し》ろう

**清少納言《せいしょうなごん》の感性《かんせい》が光《ひか》る『枕草子《まくらのそうし》』は、どのような作品《さくひん》なのでしょうか。**

## 『枕草子《まくらのそうし》』とは

『枕草子《まくらのそうし》』は、随筆《ずいひつ》とよばれる文学《ぶんがく》作品《さくひん》です。世《よ》の中《なか》のさまざまなことについて、清少納言《せいしょうなごん》が自分《じぶん》の考《かんが》えや感《かん》じたことをかきしるしており、当時《とうじ》の生活《せいかつ》のようすなどを知《し》ることができます。約《やく》三百ほどある章段《しょうだん》は、自由《じゆう》にかかれた文章《ぶんしょう》であるため、わけかたにはいろいろな説《せつ》があります。その内容《ないよう》は、つぎのように大《おお》きく三つにわけられます。

### ■ものはづくし

『枕草子《まくらのそうし》』の特色《とくしょく》は、「ものはづくし」とよばれる章段《しょうだん》です。いろいろなものごとについて、清少納言《せいしょうなごん》がいいと感《かん》じたもの、あてはまると思《おも》ったものをあげています。清少納言《せいしょうなごん》のゆたかな感性《かんせい》やするどい観察眼《かんさつがん》がよくわかる章段《しょうだん》です。

**うつくしきもの**（かわいらしいもの）**といえば、**

・子《こ》どもが、あやされているうちにしがみついてねてしまうようす
・人形《にんぎょう》の道具《どうぐ》などの小《ち》さいもの
・ニワトリのひなが、ぴよぴよと鳴《な》きながら人《ひと》のうしろやまえを歩《ある》きまわるようす

### ■季節《きせつ》や生活《せいかつ》に感《かん》じること

清少納言《せいしょうなごん》の考《かんが》えをよく知《し》ることができるのが、人《ひと》びとの生活《せいかつ》や季節《きせつ》、自然《しぜん》について思《おも》ったことをのべている章段《しょうだん》です。「春《はる》はあけぼの」からはじまる第《だい》一段《だん》では、四季《しき》それぞれのもっとも美《うつく》しいと思《おも》う場面《ばめん》をのべています。また、男性《だんせい》・女性《じょせい》のありかたについて考《かんが》えているところもあります。

平安時代《へいあんじだい》の貴族《きぞく》の女《おんな》の子《こ》も、着物《きもの》をきせかえたりままごとをしたりといった、人形《にんぎょう》（ひいな）あそびをしていた。
（写真提供《しゃしんていきょう》：人形工房《にんぎょうこうぼう》ふらここ）

**季節《きせつ》について**（原文《げんぶん》は19ページ）

春《はる》は夜明《よあ》けごろがよい。だんだん白《しろ》くなっていく山《やま》ぎわの空《そら》が少《すこ》し明《あか》るくなって、むらさきがかった雲《くも》が細《ほそ》くたなびいているようすがよい。

夏《なつ》は夜《よる》がよい。月《つき》が出《で》ているときはいうまでもない。やみ夜《よ》であっても、ほたるが多《おお》くとびかっているのはよい。雨《あめ》がふるのもおもしろい。

**男性《だんせい》について**

男性《だんせい》というのは奇妙《きみょう》なものだ。美《うつく》しい女性《じょせい》をすてて、みにくい女性《じょせい》を妻《つま》としているのもおかしい。朝廷《ちょうてい》に出《で》いりする男性《だんせい》などは美《うつく》しい女性《じょせい》をえらべそうなのに。女《おんな》の目《め》から見《み》てもよくないと思《おも》う女性《じょせい》を愛《あい》するのはどういうことなのだろう。

### ■宮《みや》づかえの日記《にっき》

『枕草子《まくらのそうし》』のなかには、清少納言《せいしょうなごん》が宮《みや》づかえをしているあいだに体験《たいけん》したことを日記的《にっきてき》にかいた章段《しょうだん》もあります。「香炉峰《こうろほう》の雪《ゆき》」や「くらげの骨《ほね》」などは、定子《ていし》の時代《じだい》の宮中《きゅうちゅう》のようすをつたえる、貴重《きちょう》な章段《しょうだん》です。

しかし、道隆《みちたか》がなくなってからの立場《たちば》が苦《くる》しくなった定子《ていし》のすがたは、『枕草子《まくらのそうし》』にはありません。定子《ていし》の死後《しご》もかきつづけられた『枕草子《まくらのそうし》』からは、明《あか》るくはなやかだったころの後宮《こうきゅう》（天皇《てんのう》のきさきがすむ宮殿《きゅうでん》）のようすがうかがえるばかりです。

「香炉峰《こうろほう》の雪《ゆき》はすだれをかかげて見《み》る」という故事《こじ》をふまえて機転《きてん》をきかせた清少納言《せいしょうなごん》は、定子《ていし》や女房《にょうぼう》たちを感心《かんしん》させた。（写真提供《しゃしんていきょう》：風俗博物館《ふうぞくはくぶつかん》）

豆《まめ》ちしき

### 清少納言《せいしょうなごん》は和歌《わか》がにがて？

清《せい》少納言《しょうなごん》が生《う》まれた清原家《きよはらけ》は、和歌《わか》にすぐれた家系《かけい》でした。清少納言《せいしょうなごん》の父《ちち》・清原元輔《きよはらのもとすけ》だけでなく、清少納言《せいしょうなごん》の曾祖父《そうそふ》・清原深養父《きよはらのふかやぶ》も有名《ゆうめい》な歌人《かじん》でした。『小倉百人一首《おぐらひゃくにんいっしゅ》』には、深養父《ふかやぶ》、元輔《もとすけ》、清少納言《せいしょうなごん》の和歌《わか》が入《はい》っています。左《ひだり》は清少納言《せいしょうなごん》の和歌《わか》です。

夜《よ》をこめて　鳥《とり》のそらねは　はかるとも
よに逢坂《おうさか》の　関《せき》はゆるさじ

（夜《よる》が明《あ》けないうちにニワトリの鳴《な》きまねをしても、逢坂《おうさか》の関《せき》の番人《ばんにん》はけっしてだまされませんから、わたしはあなたにあうことはありませんよ。）

これは、ニワトリの声《こえ》でひらく関所《せきしょ》を、鳴《な》きまねをして、はやくあけさせたという中国《ちゅうごく》のむかしのできごと（故事《こじ》）をふまえたものです。「逢坂《おうさか》の関《せき》」とは、男女《だんじょ》のあいだをへだてる関所《せきしょ》のことです。清少納言《せいしょうなごん》の教養《きょうよう》の高《たか》さと機転《きてん》がよくわかります。

しかし、清少納言《せいしょうなごん》自身《じしん》は和歌《わか》をよむのはにがてに感《かん》じていたようです。『枕草子《まくらのそうし》』に、「父《ちち》の名《な》をはずかしめたくないから、和歌《わか》はよみません」と定子《ていし》にこたえたという話《はなし》がのっています。

# 清少納言《せいしょうなごん》が生《い》きた 平安時代《へいあんじだい》

**宮《みや》づかえをしていた女性《じょせい》たちは、教養《きょうよう》のある貴族《きぞく》のむすめたちでした。**

## 宮《みや》づかえをする女性《じょせい》たち

平安時代《へいあんじだい》、宮廷《きゅうてい》は政治《せいじ》をおこなう場所《ばしょ》であり、天皇《てんのう》や天皇《てんのう》のきさきたちがくらす場所《ばしょ》でもありました。そのため宮廷《きゅうてい》には、国《くに》の政治《せいじ》をつかさどる貴族《きぞく》の男性《だんせい》だけではなく、たくさんの女性《じょせい》もはたらいていました。なかでも、宮中《きゅうちゅう》に自分《じぶん》の部屋《へや》（房《ぼう》）をあたえられた女性《じょせい》は、「女房《にょうぼう》」とよばれていました。

身分《みぶん》の高《たか》くない貴族《きぞく》のむすめにとって、宮《みや》づかえの女房《にょうぼう》はあこがれの仕事《しごと》でした。

女房《にょうぼう》のおもな仕事《しごと》は、高貴《こうき》な人《ひと》びとの身《み》のまわりの世話《せわ》です。子《こ》どもが生《う》まれたときには乳母《うば》や養育係《よういくがかり》なども担当《たんとう》していました。天皇《てんのう》のきさきにも多《おお》くの女房《にょうぼう》たちがつかえ、はなやかな集団《しゅうだん》がかたちづくられました。

天皇《てんのう》のきさきにつかえる女房《にょうぼう》には、高《たか》い教養《きょうよう》や機転《きてん》が必要《ひつよう》とされました。きさきにふさわしい教育《きょういく》をするためです。

また、女房《にょうぼう》は宮中《きゅうちゅう》に出《で》いりする位《くらい》の高《たか》い貴族《きぞく》の男性《だんせい》とも対等《たいとう》に文《ふみ》をやりとりしたり、歌《うた》をよんだりできなければ

天皇《てんのう》が生活《せいかつ》していた清涼殿《せいりょうでん》（写真中央《しゃしんちゅうおう》）。現在《げんざい》の京都御所《きょうとごしょ》にある清涼殿《せいりょうでん》は、江戸時代《えどじだい》に再建《さいけん》されたもの。（写真提供《しゃしんていきょう》：宮内庁《くないちょう》）

なりません。すばらしい和歌《わか》をよむなど、風流《ふうりゅう》で機知《きち》にとんだ対応《たいおう》ができると宮中《きゅうちゅう》で話題《わだい》になり、主人《しゅじん》であるきさきの評判《ひょうばん》も高《たか》まりました。

　そのため、天皇《てんのう》のきさきのまわりには、世間《せけん》で評判《ひょうばん》の才女《さいじょ》があつめられました。『源氏物語《げんじものがたり》』をかいた紫式部《むらさきしきぶ》や、和歌《わか》の名手《めいしゅ》として有名《ゆうめい》だった和泉《いずみ》式部《しきぶ》も、女房《にょうぼう》として宮《みや》づかえをしていました。

## 清少納言《せいしょうなごん》とおなじ時代《じだい》に生《い》きた人《ひと》びと

### 藤原道長《ふじわらのみちなが》（九六六～一〇二七年《ねん》）

平安時代《へいあんじだい》の貴族《きぞく》。自分《じぶん》のむすめ四人《にん》を天皇《てんのう》、皇太子《こうたいし》のきさきにし、天皇《てんのう》と親《しん》せきになることで、権力《けんりょく》を手《て》にいれて摂政《せっしょう》や太政大臣《だいじょうだいじん》になった。太政大臣《だいじょうだいじん》になった翌年《よくとし》には引退《いんたい》するが、それからもなくなるまで天皇《てんのう》三代《だい》にわたって政治《せいじ》の実権《じっけん》をにぎりつづけ、藤原氏《ふじわらし》の全盛期《ぜんせいき》をきずいた。

### 花山天皇《かざんてんのう》（九六八～一〇〇八年《ねん》）

第《だい》六十五代天皇《だいてんのう》。十七さいで即位《そくい》するが、女御《にょうご》（天皇《てんのう》のきさきで、中宮《ちゅうぐう》の下《した》の位《くらい》）の忯子《しし》が妊娠中《にんしんちゅう》になくなったことをかなしみ、十九さいで出家《しゅっけ》・退位《たい》して、花山法皇《かざんほうおう》となる。出家《しゅっけ》は、孫《まご》の一条天皇《いちじょうてんのう》を即位《そくい》させようとした藤原《ふじわらの》兼家《かねいえ》（藤原道隆《ふじわらのみちたか》・道長《みちなが》の父《ちち》）らのたくらみだったともいわれる。

### 一条天皇《いちじょうてんのう》（九八〇～一〇一一年《ねん》）

第《だい》六十六代天皇《だいてんのう》。九八六年《ねん》（寛和《かんな》二年《ねん》）、花山天皇《かざんてんのう》が急《きゅう》に出家《しゅっけ》したために、七さいで即位《そくい》した。十一さいのときに元服《げんぶく》（男子《だんし》が成人《せいじん》するときの儀式《ぎしき》）、定子《ていし》と結婚《けっこん》した。

　漢詩《かんし》や和歌《わか》、笛《ふえ》の名手《めいしゅ》で、一条天皇《いちじょうてんのう》の時代《じだい》に貴族《きぞく》や女房《にょうぼう》たちによる「平安王朝文化《へいあんおうちょうぶんか》」が花《はな》ひらいた。

### 紫式部《むらさきしきぶ》（九七〇?～一〇一四年《ねん》?）

平安時代《へいあんじだい》の女性作家《じょせいさっか》・歌人《かじん》。当時《とうじ》有《ゆう》名《めい》だった漢学者《かんがくしゃ》・藤原為時《ふじわらのためとき》のむすめ。一条天皇《いちじょうてんのう》の中宮《ちゅうぐう》になった彰子《しょうし》につかえながら、『源氏物語《げんじものがたり》』『紫式部日記《むらさきしきぶにっき》』などをかいた。生没年《せいぼつねん》など、くわしいことはよくわかっていない。

### 和泉式部《いずみしきぶ》（九七八?～?年《ねん》）

平安時代中期《へいあんじだいちゅうき》の女性歌人《じょせいかじん》で、中宮彰子《ちゅうぐうしょうし》につかえた。天皇家《てんのうけ》の男性《だんせい》や貴族《きぞく》たちと多《おお》くの恋愛《れんあい》をし、情熱的《じょうねつてき》な恋《こい》の和歌《わか》をのこした。有名《ゆうめい》な作品《さくひん》に『和泉式部日記《いずみしきぶにっき》』がある。

京都《きょうと》のまちなかに、和泉式部《いずみしきぶ》がたてた寺《てら》、誠心院《しんいん》がある。
（写真提供《しゃしんていきょう》：京都市産業観光局観光《きょうとしさんぎょうかんこうきょくかんこう》 MICE 推進室《すいしんしつ》）

## もっと知《し》りたい！ 清少納言《せいしょうなごん》

清少納言《せいしょうなごん》ゆかりの場所《ばしょ》、平安時代《へいあんじだい》のことがわかる博物館《はくぶつかん》、清少納言《せいしょうなごん》についてかかれた本《ほん》などを紹介《しょうかい》します。

史跡《しせき》 遺跡《いせき》

資料館《しりょうかん》 博物館《はくぶつかん》

清少納言《せいしょうなごん》についてかかれた本《ほん》

### 御寺泉涌寺《みてらせんにゅうじ》

中宮定子《ちゅうぐうていし》がほうむられた鳥戸野陵《とりべののりょう》のちかくにある、皇室《こうしつ》とゆかりのある寺《てら》。宮《みや》づかえをやめた清少納言《せいしょうなごん》がくらしたといわれる月《つき》の輪《わ》はこのあたりだとされている。

〒605-0977
京都府京都市東山区泉涌寺山内町《きょうとふきょうとしひがしやまくせんにゅうじやまのうちちょう》27
☎075-561-1551
http://www.mitera.org/

境内《けいだい》には清少納言《せいしょうなごん》がよんだ「夜《よ》をこめて　鳥《とり》のそらねは　はかるとも　よに逢坂《おうさか》の関《せき》はゆるさじ」の歌碑《かひ》がある。
(写真提供《しゃしんていきょう》：京都市産業観光局観光《きょうとしさんぎょうかんこうきょくかんこう》 MICE 推進室《すいしんしつ》)

### 今熊野観音寺《いまくまのかんのんじ》

清少納言《せいしょうなごん》の父《ちち》親《おや》・清原元輔《きよはらのもとすけ》の屋敷《やしき》が今熊野観音寺《いまくまのかんのんじ》の境内付近《けいだいふきん》にあったため、清少納言《せいしょうなごん》が生《う》まれ育《そだ》ったのも、このあたりの土地《とち》だったと考《かんが》えられる。

〒605-0977
京都府京都市東山区《きょうとふきょうとしひがしやまく》
泉涌寺山内《せんにゅうじやまのうち》
☎075-561-5511
http://www.kannon.jp/

御寺泉涌寺《みてらせんにゅうじ》とおなじ、月輪山麓《つきのわさんろく》にある。(写真提供《しゃしんていきょう》：今熊野観音寺《いまくまのかんのんじ》)

### 誓願寺《せいがんじ》

清少納言《せいしょうなごん》が出家《しゅっけ》し、さいごのときをむかえたという話《はなし》がのこる寺《てら》。清少納言《せいしょうなごん》となかのよかった和泉式部《いずみしきぶ》もここで出家《しゅっけ》したとつたわっている。

〒604-8035
京都府京都市中京区新京極通三条下《きょうとふきょうとしなかぎょうくしんきょうごくどおりさんじょうさが》る
桜之町《さくらのちょう》453
☎075-221-0958
http://www.fukakusa.or.jp/

京都《きょうと》のまちなかにあり、落語発祥《らくごはっしょう》の寺《てら》としても信仰《しんこう》をあつめている誓願寺《せいがんじ》。(写真提供《しゃしんていきょう》：京都市産業観光局観光《きょうとしさんぎょうかんこうきょくかんこう》MICE推進室《すいしんしつ》)

### 風俗博物館《ふうぞくはくぶつかん》

『源氏物語《げんじものがたり》』に出《で》てくる邸宅《ていたく》や物語《ものがたり》の場面《ばめん》を再現《さいげん》した模型《もけい》がならぶ。平安時代《へいあんじだい》の貴族《きぞく》のくらしや衣装《いしょう》、行事《ぎょうじ》のようすなどがよくわかる。

〒600-8468
京都府京都市下京区新花屋町通《きょうとふきょうとししもぎょうくしんはなやちょうどおり》
堀川東入《ほりかわひがしい》る（井筒法衣店《いづつほういてん》5階《かい》）
☎075-342-5345
http://www.iz2.or.jp/

### 『21世紀版少年少女古典文学館《せいきばんしょうねんしょうじょこてんぶんがくかん》 枕草子《まくらのそうし》』

著《ちょ》／大庭《おおば》みな子《こ》
講談社《こうだんしゃ》 2009年《ねん》

よみやすい現代文《げんだいぶん》と、現代《げんだい》の文学者《ぶんがくしゃ》による解説《かいせつ》で、『枕草子《まくらのそうし》』の魅力《みりょく》をわかりやすくつたえている。

# さくいん・用語《ようご》解説《かいせつ》


敦康親王《あつやすしんのう》……25

和泉式部《いずみしきぶ》……29

『和泉式部日記《いずみしきぶにっき》』……29

一条天皇《いちじょうてんのう》……23、24、25、29

『小倉百人一首《おぐらひゃくにんいっしゅ》』……27

▼鎌倉時代《かまくらじだい》初期《しょき》にできた和歌集《わかしゅう》。藤原《ふじわらの》定家《ていか》が、飛鳥時代《あすかじだい》から鎌倉時代《かまくらじだい》までの歌人《かじん》のすぐれた和歌《わか》百首《しゅ》をえらんだもの。

花山法皇《かざんほうおう》（花山天皇《かざんてんのう》）……24、29

歌人《かじん》……22、23、27、29

関白《かんぱく》……23、24

▼天皇《てんのう》を助《たす》け、政治《せいじ》の中心《ちゅうしん》となってはたらく役職《やくしょく》。成人《せいじん》した天皇《てんのう》を助《たす》ける。天皇《てんのう》が成人《せいじん》まえなら、摂政《せっしょう》が助《たす》ける。

清原深養父《きよはらのふかやぶ》……27

清原元輔《きよはらのもとすけ》……22、23、27

検非違使《けびいし》……24

▼平安時代《へいあんじだい》、京都《きょうと》の警察《けいさつ》・裁判業務《さいばんぎょうむ》をつかさどった令外官《りょうげのかん》（法律《ほうりつ》で決《き》められていない臨時《りんじ》の官職《かんしょく》）。

『源氏物語《げんじものがたり》』……29

三十六歌仙《さんじゅうろっかせん》……22

▼藤原公任《ふじわらのきんとう》の『三十六人撰《さんじゅうろくにんせん》』にのっている、三十六人《にん》のすぐれた歌人《かじん》のこと。柿本人麻呂《かきのもとのひとまろ》、山部赤人《やまべのあかひと》、大伴家持《おおとものやかもち》、在原業平《ありわらのなりひら》、紀貫之《きのつらゆき》、小野小町《おののこまち》などがいる。

写本《しゃほん》……24

入内《じゅだい》……23、25

▼天皇《てんのう》と結婚《けっこん》する女性《じょせい》が、儀式《ぎしき》をおこなって正式《せいしき》に宮廷《きゅうてい》に入《はい》ること。

随筆《ずいひつ》……26

周防国《すおうのくに》……22

誠心院《せいしんいん》……29

清涼殿《せいりょうでん》……28

摂政《せっしょう》……29

太政大臣《だいじょうだいじん》……29

橘則光《たちばなののりみつ》……22

中宮《ちゅうぐう》……23、24、29

▼天皇《てんのう》のきさきのよび名《な》。天皇《てんのう》のきさきで、もっとも位《くらい》が高《たか》い皇后《こうごう》よりあとから入内《じゅだい》した女性《じょせい》。皇后《こうごう》とほぼおなじ身分《みぶん》とされる。

月《つき》の輪《わ》……25

中関白家《なかのかんぱくけ》……23、24、25

女房《にょうぼう》……23、25、28、29

肥後国《ひごのくに》……23

藤原兼家《ふじわらのかねいえ》……29

藤原伊周《ふじわらのこれちか》……24

藤原彰子《ふじわらのしょうし》……25、29

▼藤原道長《ふじわらのみちなが》の長女《ちょうじょ》で、一条天皇《いちじょうてんのう》の中宮《ちゅうぐう》。後一条天皇《ごいちじょうてんのう》、後朱雀天皇《ごすざくてんのう》をうんだことにより、藤原氏《ふじわらし》の全盛期《ぜんせいき》がきずかれることとなった。定子《ていし》がなくなったあとに敦康親王《あつやすしんのう》を育《そだ》てており、敦《あつ》康親王《やすしんのう》が即位《そくい》することをのぞんでいたといわれる。

藤原隆家《ふじわらのたかいえ》……24

藤原定子《ふじわらのていし》……23、24、25、27、29

藤原道兼《ふじわらのみちかね》……24

藤原道隆《ふじわらのみちたか》……23、24、25、27、29

藤原道長《ふじわらのみちなが》……24、25、29

『枕草子《まくらのそうし》』……22、24、26、27

紫式部《むらさきしきぶ》……29

『紫式部日記《むらさきしきぶにっき》』……29

■監修

朧谷　寿（おぼろや　ひさし）

1939年新潟県生まれ。同志社大学文学部卒業。平安博物館助教授、同志社女子大学教授を経て、現在、同志社女子大学名誉教授。2005年京都府文化功労賞受賞。著書に『藤原氏千年』（講談社）、『源氏物語の風景　王朝時代の都の暮らし』（吉川弘文館）、『藤原道長　男は妻がらなり』（ミネルヴァ書房）などがある。

■文（2～21ページ）

西本　鶏介（にしもと　けいすけ）

1934年奈良県生まれ。評論家・民話研究家・童話作家として幅広く活躍する。昭和女子大学名誉教授。各ジャンルにわたって著書は多いが、伝記に『心を育てる偉人のお話』全3巻、『徳川家康』、『武田信玄』、『源義経』、『独眼竜政宗』（ポプラ社）、『大石内蔵助』、『宮沢賢治』、『夏目漱石』、『石川啄木』（講談社）などがある。

■絵

山中　桃子（やまなか　ももこ）

1977年栃木県生まれ。女子美術大学卒業。『田んぼのいのち』、『牧場のいのち』（くもん出版）で、ブラティスラヴァ世界絵本原画ビエンナーレ入選。おもな作品に『おばあちゃんのくりきんとん』(長崎出版)、『俵万智3・11短歌集　あれから』(今人舎)、『アユルものがたり－那須のくにのおはなし－』(アートセンターサカモト)がある。

■主な参考図書

『清少納言』著／岸上慎二　吉川弘文館　1962年
『清少納言』著／村井順　笠間書院　1977年
『図説　日本の古典6　蜻蛉日記・枕草子』編／木村正中ほか　集英社　1979年
『山川　詳説日本史図録』（第3版）編／詳説日本史図録編集委員会　山川出版社　2010年

企画・編集　こどもくらぶ
装丁・デザイン　長江　知子
D　T　P　株式会社エヌ・アンド・エス企画

よんで しらべて 時代がわかる　ミネルヴァ日本歴史人物伝
清少納言
――『枕草子』をかいた女性随筆家――

2012年11月20日　初版第1刷発行　検印廃止

定価はカバーに表示しています

監修者　朧谷　寿
文　西本鶏介
絵　山中桃子
発行者　杉田啓三
印刷者　金子眞吾

発行所　株式会社 ミネルヴァ書房
607-8494　京都市山科区日ノ岡堤谷町1
電話 075-581-5191／振替 01020-0-8076


印刷・製本　凸版印刷株式会社

ISBN978-4-623-06414-4
NDC281/32P/27cm
Printed in Japan

よんでしらべて 時代がわかる
# ミネルヴァ 日本歴史人物伝

**卑弥呼《ひみこ》**
監修 山岸良二 文 西本鶏介 絵 宮嶋友美

**聖徳太子《しょうとくたいし》**
監修 山岸良二 文 西本鶏介 絵 たごもりのりこ

**小野妹子《おののいもこ》**
監修 山岸良二 文 西本鶏介 絵 宮本えつよし

**中大兄皇子《なかのおおえのおうじ》**
監修 山岸良二 文 西本鶏介 絵 山中桃子

**鑑真《がんじん》**
監修 山岸良二 文 西本鶏介 絵 ひだかのり子

**聖武天皇《しょうむてんのう》**
監修 山岸良二 文 西本鶏介 絵 きむらゆういち

**清少納言《せいしょうなごん》**
監修 朧谷寿 文 西本鶏介 絵 山中桃子

**紫式部《むらさきしきぶ》**
監修 朧谷寿 文 西本鶏介 絵 青山友美

**平清盛《たいらのきよもり》**
監修 木村茂光 文 西本鶏介 絵 きむらゆういち

**源頼朝《みなもとのよりとも》**
監修 木村茂光 文 西本鶏介 絵 野村たかあき

**源義経《みなもとのよしつね》**
監修 木村茂光 文 西本鶏介 絵 狩野富貴子

**北条時宗《ほうじょうときむね》**
監修 木村茂光 文 西本鶏介 絵 山中桃子

**足利義満《あしかがよしみつ》**
監修 木村茂光 文 西本鶏介 絵 宮嶋友美

**雪舟《せっしゅう》**
監修 木村茂光 文 西本鶏介 絵 広瀬克也

**織田信長《おだのぶなが》**
監修 小和田哲男 文 西本鶏介 絵 広瀬克也

**豊臣秀吉《とよとみひでよし》**
監修 小和田哲男 文 西本鶏介 絵 青山邦彦

**細川《ほそかわ》ガラシャ**
監修 小和田哲男 文 西本鶏介 絵 宮嶋友美

**伊達政宗《だてまさむね》**
監修 小和田哲男 文 西本鶏介 絵 野村たかあき

**徳川家康《とくがわいえやす》**
監修 大石学 文 西本鶏介 絵 宮嶋友美

**春日局《かすがのつぼね》**
監修 大石学 文 西本鶏介 絵 狩野富貴子

**徳川家光《とくがわいえみつ》**
監修 大石学 文 西本鶏介 絵 ひるかわやすこ

**近松門左衛門《ちかまつもんざえもん》**
監修 大石学 文 西本鶏介 絵 野村たかあき

**杉田玄白《すぎたげんぱく》**
監修 大石学 文 西本鶏介 絵 青山邦彦

**伊能忠敬《いのうただたか》**
監修 大石学 文 西本鶏介 絵 青山邦彦

**歌川広重《うたがわひろしげ》**
監修 大石学 文 西本鶏介 絵 野村たかあき

**勝海舟《かつかいしゅう》**
監修 大石学 文 西本鶏介 絵 おくやまひでとし

**西郷隆盛《さいごうたかもり》**
監修 大石学 文 西本鶏介 絵 野村たかあき

**大久保利通《おおくぼとしみち》**
監修 安田常雄 文 西本鶏介 絵 篠崎三朗

**坂本龍馬《さかもとりょうま》**
監修 大石学 文 西本鶏介 絵 野村たかあき

**福沢諭吉《ふくざわゆきち》**
監修 安田常雄 文 西本鶏介 絵 たごもりのりこ

**板垣退助《いたがきたいすけ》**
監修 安田常雄 文 西本鶏介 絵 青山邦彦

**伊藤博文《いとうひろぶみ》**
監修 安田常雄 文 西本鶏介 絵 おくやまひでとし

**小村寿太郎《こむらじゅたろう》**
監修 安田常雄 文 西本鶏介 絵 荒賀賢二

**野口英世《のぐちひでよ》**
監修 安田常雄 文 西本鶏介 絵 たごもりのりこ

**与謝野晶子《よさのあきこ》**
監修 安田常雄 文 西本鶏介 絵 宮嶋友美

**宮沢賢治《みやざわけんじ》**
文 西本鶏介 絵 黒井健

27cm　32ページ　NDC281　オールカラー
小学校低学年～中学生向き

# 日本の歴史年表

| 時代 | 年 | できごと | このシリーズに出てくる人物 |
|---|---|---|---|
| 旧石器時代 | 四〇〇万年前〜 | 採集や狩りによって生活する | |
| 縄文時代 | 一三〇〇〇年前〜 | 縄文土器がつくられる | |
| 弥生時代 | 前四〇〇年ごろ〜 | 稲作、金属器の使用がさかんになる<br>小さな国があちこちにできはじめる | 卑弥呼 |
| 古墳時代 | 二五〇年ごろ〜 | 大和朝廷の国土統一が進む | 中大兄皇子 |
| 古墳時代（飛鳥時代） | 五九三 | 聖徳太子が摂政となる | 小野妹子<br>聖徳太子 |
| 飛鳥時代 | 六〇七 | 小野妹子を隋におくる | |
| 飛鳥時代 | 六四五 | 大化の改新 | |
| 飛鳥時代 | 七〇一 | 大宝律令ができる | |
| 奈良時代 | 七一〇 | 都を奈良（平城京）にうつす | 鑑真<br>聖武天皇 |
| 奈良時代 | 七五二 | 東大寺の大仏ができる | |
| 平安時代 | 七九四 | 都を京都（平安京）にうつす | 平清盛<br>紫式部<br>清少納言 |
| 平安時代 | 一〇一六 | 藤原氏がさかえる | |
| 平安時代 | 一〇〇八 | 『源氏物語』ができる | |
| 平安時代 | 一一六七 | 平清盛が太政大臣となる | |
| 平安時代 | 一一八五 | 源氏が平氏をほろぼす | |
| 鎌倉時代 | 一一九二 | 源頼朝が征夷大将軍となる | 源義経<br>源頼朝<br>北条時宗 |
| 鎌倉時代 | 一二七四 | 元がせめてくる | |
| 鎌倉時代 | 一二八一 | 元がふたたびせめてくる | |
| 鎌倉時代 | 一三三三 | 鎌倉幕府がほろびる | |
| 南北朝時代 | 一三三六 | 朝廷が南朝と北朝にわかれ対立する | 足利義満 |
| 南北朝時代 | 一三三八 | 足利尊氏が征夷大将軍となる | |
| 南北朝時代 | 一三九二 | 南朝と北朝がひとつになる | |